Mark Sarg

"Verwünschen Sie sich!"

Mark Sarg

"Verwünschen Sie sich!"

Bizarre Kurzgeschichten

Goldene Rakete Verlag für Belletristik

Imprint

Cover image: www.ingimage.com

Publisher:
Goldene Rakete Verlag für Belletristik
is a trademark of
International Book Market Service Ltd., member of OmniScriptum Publishing Group
17 Meldrum Street, Beau Bassin 71504, Mauritius

Printed at: see last page
ISBN: 978-620-2-44561-0

INHALTSVERZEICHNIS

DIE LEICHE DES JAHRES

Auf Grund ihres besonders ***markanten*** Äußeren wurde Mademoiselle Hélène Winterstiefel von einer kompetenten Jury zur „Leiche des Jahres“ gekürt.

In einer bewegten Dankesrede bedauerte sie gegenüber dem Auditorium, dass ihr zu *Lebzeiten* eine derartige Auszeichnung verwehrt geblieben sei. Schon aus diesem Grunde bereue sie es ***nie* und *nimmer***, gestorben zu sein!

DAS RASIERTE GRINSEN

Jeden Morgen nach dem Rasieren breitete sich ein spezielles Grinsen auf dem Antlitz der Marquise Monique Nadellump aus.

Jetzt konnte man nämlich für den Rest des Tages nicht mehr erkennen, dass ihr kräftiges Barthaar ***lila*** war – und daher nicht unbedingt mit den rosa Dauerwellen harmonierte.

DAS UNRASIERTE GRINSEN

Immer wenn die militärischen Umstände ihr eine morgendliche Rasur verwehrten, legte die Feldmarschallin Georgina Nudelhirn ein überaus schiefes, verlegenes Grinsen an den Tag.

Die Gute war zwar zu Recht ungemein stolz auf ihren markanten Bartwuchs, schämte sich aber doch gleichzeitig etwas dafür, wenn man ihr diesen zu ***deutlich*** anmerkte.

Denn sie wollte ausschließlich ihrer ***kriegerischen*** Leistungen wegen bewundert und gewürdigt werden!

DIE UNERWÜNSCHTE RÜCKKEHR

Auf das Innigste verabschiedete sich die liebe Verwandtschaft von Baron Dionysos Salzhund am Sterbebett.

In der Nacht darauf erschien er jedoch jedem Einzelnen, um ihn in seinem neuen Zustande herzlichst zu begrüßen. Doch war ***diese*** Begegnung nunmehr höchst unerwünscht und man ***verbat*** sie sich künftig auf das entschiedenste.

Da kehrte er erbost ins Leben zurück und enterbte alle.

DAS UNANNEHMBARE GRINSEN

Aus ***einem*** Alptraume erwachend, fiel Major Götterbart Krallhummel gleich in den nächsten – der allerdings diesmal durchaus real war. Denn auf seinem Bette thronte ein fürchterliches Ungeheuer, das ihn obendrein breit und unverschämt angrinste.

„Ich empfinde Ihr Grinsen als absolut ***unannehmbar***!“, ereiferte er sich, nachdem er sich etwas gefasst hatte.

Worauf das Ungeheuer mit einem Schlage todernst wurde und sich in eindeutiger Absicht zu entkleiden begann.

Da entschied er sich sehr rasch doch lieber für das Grinsen. Nunmehr aber leider ohne Erfolg …

DER PAPST ALS SONNENSTRAHL

Nur ***so*** mögen ihn wohl – nach Ansicht Papst Feuersturms des Großen – die „dankbar geläuterten" Ketzer empfunden haben, während sie auf dem Scheiterhaufen verkohlten …

DER PAPST ALS SONNENSCHEIN

Dieses freilich entstammt lediglich der Feder des leidenden Poeten Balduro Nimmersein – der sein Leben lang nicht außer Haus ging, weil er panisch davor bangte, von der Sonne ***verbrannt*** zu werden …

DAS UNERWARTETE GESCHÖPF (2)

Ein unerwartetes Geschöpf tauchte im Garten von Sir Virus Wunschpapst auf und half ihm beim Rasenmähen. „Das hätte ich wahrlich nicht erwartet!“, staunte er gerührt.

Als es fertig war, öffnete es den Mäher und fraß den Inhalt gierig auf. Dann küsste es ihm den Allerwertesten, was er noch viel weniger erwartet hätte, und verschwand.

Ebenso unerwartet erschien es nächsten Abend in einem üppig dekolletierten Kleide und präsentierte ihm eine saftige ärztliche Honorarnote – für die Behandlung seines durch zu ***trockenes*** Gras verdorbenen Magens.

Was er aber am ***allerwenigsten*** erwartet hätte: Er ***bezahlte*** die Rechnung!

DER ERFÜLLTE

Kardinal Borromeo Laubfrosch war durch und durch erfüllt – von Bitternis.

Da ihn diese aber nicht wirklich erfüllte – schritt er letztlich ***un***erfüllt aus seinem Leben.

Und ist damit wahrlich kein Einzelfall.

DIE UNERFÜLLTE

Trotz immenser künstlerischer Erfolge betrachtete Kammersängerin Emilia von Rauschebart ihre Existenz zeitlebens als unerfüllt.

Und erst ***nach*** dem Ableben wusste sie auch warum.

Leider nur weiß die Nachwelt nichts darüber.

DAS ANSCHAULICHE GESCHÖPF

Ein anschauliches Geschöpf zerplatzte irgendwann vor Überdruss – weil es einfach nicht mehr ***mitanschauen*** konnte, wie es jedermann unentwegt mit offenem, triefendem Maule anschaute!

„BEHERRSCHEN SIE MICH!"

„Beherrschen Sie mich bitte!" Mit treuherzigem Augenaufschlag verneigte sich der junge Dudley Bockbein vor seinem attraktiven neuen Nachbarn Sir Jeffrey Goldwein – der ihm den Wunsch sehr gern erfüllte.

Da er dies aber mit ganz ungewöhnlicher Umsicht und Weisheit tat – wurde aus den beiden das glücklichste Paar der Weltgeschichte.

„BEHERRSCHEN SIE MICH NICHT!“

„Bitte ***beherrschen*** Sie mich nicht länger!“, flehte Colonel Strapsford Kunstschweif immer wieder zu seinem Spiegelbild, von dem er sich einfach nicht zu lösen vermochte – bis er es schließlich voll Zorn zertrümmerte.

Worauf er sich jeweils ganze zwei Tage lang als ruhmreicher Sieger fühlte.

Ehe er dann einen neuen Spiegel kaufte …

„BEHERRSCHEN SIE SICH!“

„Beherrschen Sie sich gefälligst!“ Energisch wies Lady Ginster Rauschgack Lord Peacock zurecht, der beim Einkaufen plötzlich Anwandlungen von Zärtlichkeit an den Tag legte.

Und als er sogar noch zu Hause damit fortfuhr, verpasste sie ihm eine gehörige Tracht Prügel, und ließ sich entrüstet scheiden.

„BEHERRSCHEN SIE SICH NICHT!"

„Beherrschen Sie sich nicht, mein Wertester!" Kokett gesellte sich Miss Barbara Greenhemd zu Mr. Pimcock Würgsack an den Bartisch und schlug aufreizend die Beine übereinander.

Da folgte er ihrer Aufforderung gerne – und begann ungeniert und herzhaft zu gähnen.

DER PAPST ALS SCHERENSCHLEIFER

Damit die christlichen Schafe nie ungeschoren blieben
und sich gänzlich an teuflischem Blendwerk abrieben,
fühlte Papst Strammsack sich stets als Scherenschleifer.
Mittlerweile ist er freilich um ***einiges*** reifer –
und sieht sich nun drüben in frischem Licht
als ehemaligen armen, katholischen ***Wicht***!

DER PAPST ALS SONNENSCHIRM

Papst Nachtlaus der Große betrachtete es als seine heiligste Aufgabe, die Christenheit vor zu viel Licht und Sonne zu bewahren.

Und dies ist ihm – wie selbstverständlich allen andren Amtskollegen auch – mit ganz ***vorzüglicher*** Bravour gelungen …

EINE DAME VON WELT

Eine Dame von Welt fiel vom Himmel, weil sie diesem zu weltlich gewesen war – und ließ sich nun allerorts völlig ungeniert als „Dame vom Himmel“ anbeten und hofieren.

Und wie so oft auf Erden, merkte den Schwindel kaum einer.

Papst Schneehirn der Große hob sogar kurzzeitig den Zölibat auf, um die „Göttliche“ zur ***Potenzierung*** seiner Heiligkeit zu ehelichen …

DER BEGEHRENSWERTE

Kardinal Bananius Flatterstängel war so begehrenswert, dass ihn ***keiner*** so richtig begehrte – weil jedermann dachte, die ***anderen*** würden dies schon tun und es daher ohnehin völlig zweck- und aussichtslos wäre …

DAS NEUGIERIGE GESCHÖPF

Ein neugieriges Geschöpf blickte in der Kirche unter den Rock von Lady Edelgard Leuchtzwirn und war tief enttäuscht, nur einen weiteren Rock, den Unterrock zu finden.

Es guckte unter das Kleid der Comtesse Adelmund Leichthirn – und war bestürzt, dass es abermals nichts als ein Unterkleid sah.

Fast schon entmutigt inspizierte es rasch noch Bischof Florian Hintergassl, der das feierliche Hochamt zelebrierte – und war nun hochentzückt, dass dieser ***nichts*** trug unter dem Ornate. Bei genauem Hinsehen merkte es jedoch mit Schrecken, dass zwischen seinen Beinen ein kleiner Teufel drohend lauerte.

Von da ab war es geheilt von seiner Neugier und schaute niemandem mehr unter die Wäsche!

DIE UNMORALISCHE FIGUR

Als höchst unmoralisch empfand Oberstudienrätin Anastasia Schnirchsack ihre Figur – da sie ihr auf Grund ihrer Beschaffenheit ständig vorgaukelte, nicht „vollwertig“ zu sein.

Sie sah daher keinen anderen Ausweg mehr, als sich von ihr zu emanzipieren – und kommt mittlerweile auch ***ohne*** Figur sehr gut zurecht.

DER UNFASSBARE

Trotz immensen Aufwands gelang es bis dato weder staatlichen noch privaten Organen, Sir Carlisle Tafelstolz endlich zu fassen.

Der Grund für dieses eifrige Bestreben ist allerdings mindestens so unfassbar: Er hatte sich schlicht geweigert, an der amtlichen Volkszählung teilzunehmen – und es stattdessen vorgezogen, auf Nimmerwiedersehen unterzutauchen!

DIE UNFASSBARE

Völlig zu Recht gilt Lady Miranda Silberrüssel noch heute als absolut ***un***fassbar.

Denn niemand vermochte bisher auch nur ***ansatz***weise etwas über ihr Leben herauszufinden.

Und schon gar nicht über ihren ***Tod*** …

DAS UNFASSBARE

An einem verregneten Sonntag ereignete sich vor geraumer Zeit während des feierlichen Hochamtes im Dom zu Sauergurk etwas derart ***Un***fassbares – dass es sich leider bis heute auch nicht in Worte fassen lässt …

DIE KLEINEN STEUERMONSTER ODER DER EDLE GÖNNER DER NATION

Mit der Auflage zur „geziemenden Weiterentwicklung“ hinterließ Lord Dexter Punchhead dem Staate eine Vielzahl kleiner Monster, die er in Gurkengläsern in der Schlossgruft herangezüchtet hatte.

Begierigst folgte ihm die Wissenschaft – und fand in Spezialversuchen alsbald heraus, dass sich die Probanden ganz vorzüglich zur Eintreibung ***fälliger*** und Aufdeckung ***unerkannter*** Steuerschulden sowie zur ***Ermunterung*** säumiger Gebührenzahler eigneten.

Mit ihrer Hilfe wurden die Einnahmen des Landes binnen Jahresfrist vervielfacht – sodass man dem Lord als „edlem Gönner der Nation“ in tiefer Verbundenheit ein prachtvolles Mausoleum im Herzen der Hauptstadt errichtete.

Dass er selber ***niemals*** Steuern zahlte, sah man ihm selbstverständlich großzügigst nach.

DER POETISCHE FREITOD

Ein Geschöpf war dermaßen poetisch geworden, dass es sich nicht einmal mehr im Spiegel betrachten konnte, ohne schamhaft zu erschaudern.

Und damit es nicht ***vollends*** in Panik über sich geriet, wählte es einen – äußerst poetischen – Freitod.

DIE METAMORPHOSE

Der ***schwindel***erregende Meisterartist Signor Pastellio Herzgold durchlebte binnen kurzem eine erstaunliche Metamorphose.

Denn als er sich nach einer allzu gewagten Darbietung mitten in der Manege übergeben musste – empfand ihn das schockierte Publikum nur noch als ***ekel***erregend!

DAS UNSAGBARE GRINSEN

Das Grinsen von Papst Herrgott war einfach ***unsagbar***.
Dies ist noch heute allen Eingeweihten völlig klar.

Denn ließe es sich ***annähernd*** nur beschreiben,
würde vom Nimbus nicht viel übrig bleiben …

DAS UNFASSBARE GRINSEN

Sir Alwyn Streithammel litt sein Leben lang an einem unfassbaren Grinsen.

Dann da man es nicht fassen konnte, wurde er es auch nicht los.

„VERWÜNSCHEN SIE MICH!“

„Verwünschen Sie mich auf der Stelle, sonst tue ***ich*** es!“

Oberstudienrätin Sybille Naschpferd dachte jedoch nicht im Entferntesten daran, dem seltsamen Begehren der ihr völlig unbekannten Ingenieurswitwe Ruth Höllhauser nachzukommen – sodass sich diese in ihrer offenkundigen Pein tatsächlich selbst verwünschte.

Dort allerdings, wo sie sich gegenwärtig aufhält, ist sie nun wunschlos glücklich.

„VERWÜNSCHEN SIE MICH NICHT!“

„Verwünschen Sie mich nicht, mein Herr, ich kann rein ***gar*** nichts dafür, dass ich auf der Welt bin!“, entgegnete mit entwaffnendem, unschuldigem Lächeln Sir Rabinowitsch Kuschelhecht dem äußerst resoluten und aufbrausenden Lord Cyrill Zischpapst, nachdem er mit ihm an einer Hausecke zusammengeprallt war.

Woraufhin sich dieser von seiner einsichtigsten Seite zeigte – und ihn heiratete.

„VERWÜNSCHEN SIE SICH!“

„Verwünschen Sie sich selber, ehe es ein anderer für Sie tut!“ Dieser Einstiegstipp aus dem „Weisheitsbuch für Anfänger“ von Abbé Basilius Magerkropf erschien der Geheimrätin Melanie Duckmäuser ***mitnichten*** plausibel – und sie verwünschte stattdessen lieber den Autor.

Da man solches aber bekanntlich nicht tut, fiel es wiederum auf sie zurück – sodass sie ohne Absicht dem Vorschlage dennoch gefolgt war.

Was hoffentlich keine ***allzu*** ernsten Auswirkungen nach sich zog …

„VERWÜNSCHEN SIE SICH NICHT!“

„Verwünschen Sie sich nicht gleich, wenn einmal nicht alles so rund läuft Verschieben Sie es einfach auf später!“ Bereitwilligst folgte Graf Neptun Nebelzopf dem Rate seines Vertrauten Baron Fridolin Hellbier.

Und als es ihm dann endlich wieder besser ging – holte er seine Verwünschung dankbar und aus voller Überzeugung umgehend nach.

DER PAPST ALS SPÄTZÜNDER

Relativ spät erst fand Papst Wildkrapf der Verwegene den (inneren) Weg zu Gott – als er nämlich bereits im Vorhof der Hölle weilte.

Aber damit ist er ja beileibe kein Einzelfall.

DER PAPST ALS SCHAUKELSTUHL

Weshalb bloß erfüllt Luzifer schon seit jeher so überaus ***will***fährig die mühsame christliche „Aufbereitungsarbeit“ für den Vatikan – wo er sich sonst doch äußerst ungern als Handlanger einspannen lässt?

Selbstverständlich nur, weil er dafür in seinen kostbaren Mußestunden den Heiligen Stuhl nach Herzenslust und Belieben als ***Schaukel***stuhl benützen darf …

DER MISSLUNGENE BESUCH

Hoffnungsfroh läutete die entkörperte Miss Hermi Wassergold bei ihrer Tante Lady Sybill Raubkatz.

Da diese sie aber leider nicht mehr wahrnehmen konnte, schlug sie ihr unwirsch die Tür vor der Nase zu. „Haben auch nichts Besseres zu tun, als einen ewig zu nerven, diese Rotzmenscher[1]!“, schimpfte sie dabei.

Worauf die Nichte zerknirscht auf den Friedhof zurückkroch, zu den anderen Rotzmenschern – ehe es sie dann freilich rasch ***aufwärts*** zog.

---

[1] Ungezogene Mädchen, Gören

DAS GESCHEITERTE GENIE

Marquis Henri Rabenkotz erfand so lange Gräuelgeschichten der fürchterlichsten Art, bis er darüber den Verstand verlor, sie allesamt für ***wahr*** hielt – und vor Angst und Entsetzen in den Tod sprang.

Dessen ungeachtet nahm ihn die Nachwelt bereitwillig in den Olymp jener großen Geister auf – deren Genie an der „rauen und tristen Realität des Alltags geradezu zwangsläufig zum Scheitern verdammt sei".

DER PAPST ALS ORCHIDEE

Dies blieb zeitlebens freilich ein „frommer" ***Wunsch***traum von Papst Moorkraut dem Üppigen – der als leidenschaftlicher Blumenliebhaber galt. Denn in die Kirchengeschichte ging er bloß als ***Sumpfdistel*** ein.

Was natürlich beileibe nichts gegen diese honorige, verdiente ***Pflanze*** aussagen soll!

DIE BEZAUBERNDE KREATUR (2)

„O welch bezaubernde Kreatur!" Verzückt empfing Madame Geneviève Zwicknudel ihren Lieblingsbriefträger – der wahrhaftig ***nichts*** am ganzen Leibe trug außer einem Brief, nämlich in der Hand.

Als sie diesen aber gelesen hatte, nannte sie ihn ein abscheuliches Monster, biss ihm sein bestes Stück ab und verzehrte es mit Senf und etwas Brot.

Denn der Inhalt des Briefes war eine „Honorarnote über 1.000 Euro für eine nackte Selbstdarstellung" gewesen – die sie, auch nach der „erweiterten Inanspruchnahme", partout nicht zu begleichen gewillt war.

DIE HERRENLOSE STRUMPFHOSE

Auf einer Hoteltoilette fand Mrs. Marjorie Leuchtfrosch eine mysteriös und verführerisch aussehende herrenlose Strumpfhose.

Sie vermochte nicht zu widerstehen, schlüpfte hinein – und bereute dies bitterlich.

Denn wenig später war die Hose auch völlig ***damen***los.

DIE GRINSENDEN TEUFEL

Beim Einkauf im Supermarkt bemerkte Baron Béchamel Feuchtkopf einen Teufel, der ihn dämlich angrinste. Und auf dem Heimweg begegnete er kopfschüttelnd zwei Teufeln, die ihn dämlich angrinsten.

Beim nachmittäglichen Spaziergang durch eine Allee kamen ihm drei Teufel entgegen, die ihn dämlich angrinsten. Und spätabends nach der Oper traf er gar vier Teufel, die ihn, eingehängt flanierend, dämlich angrinsten.

„So viel Dämlichkeit gehört doch glatt verboten auf dieser Welt!“, resümierte er selbstzufrieden, während er zu Hause voll Erhabenheit in Richtung Bett stolzierte.

Als er die Decke zurückschlug, sprangen alle 10 Teufel heraus und fielen über ihn her. Aber keiner von ihnen grinste nunmehr – alle ***lachten*** jetzt aus voller Kehle!

Und ***er*** – grinste dämlich …

DIE GRINSENDEN TOTEN

Welch seltsamen Grund mögen bloß jene erstaunlich ***häufig*** anzutreffenden Hinübergegangenen für ihr überaus breites, ins Auge springendes ***Grinsen*** haben?

Doch wohl nur den – dass sie nicht mehr leben …

Printed by Books on Demand GmbH, Norderstedt / Germany